Nota para los padres y encargados:

Los libros de *Read-it!* Readers son para niños que se inician en el maravilloso camino de la lectura. Estos hermosos libros fomentan la adquisición de destrezas de lectura y el amor a los libros.

 El NIVEL MORADO presenta temas y objetos básicos con palabras de alta frecuencia y patrones de lenguaje sencillos.

 El NIVEL ROJO presenta temas conocidos con palabras comunes y oraciones de patrones repetitivos.

 El NIVEL AZUL presenta nuevas ideas con un vocabulario más amplio y una estructura gramatical más variada.

 El NIVEL AMARILLO presenta ideas más elevadas, un vocabulario extenso y una amplia variedad en la estructura de las oraciones.

 El NIVEL VERDE presenta ideas más complejas, un vocabulario más variado y estructuras del lenguaje más extensas.

 El NIVEL ANARANJADO presenta una amplia de ideas y conceptos con vocabulario más elevado y estructuras gramaticales complejas.

Al leerle un libro a su pequeño, hágalo con calma y pause a menudo para hablar acerca de las ilustraciones. Pídale que pase las páginas y que señale los dibujos y las palabras conocidas. No olvide volverle a leer los cuentos o las partes de los cuentos que más le gusten.

No hay una forma correcta o incorrecta de compartir un libro con los niños. Saque el tiempo para leer con su niña o niño y transmítale así el legado de la lectura.

Adria F. Klein, Ph.D.
Profesora emérita, California State University
San Bernardino, California

Redacción: Jill Kalz
Diseño: Amy Muehlenhardt
Composición: Brandie Shoemaker
Dirección artística: Nathan Gassman
Subdirección ejecutiva: Christianne Jones
Las ilustraciones de este libro se crearon con acuarela y lápiz.
Traducción y composición: Spanish Educational Publishing, Ltd.
Coordinación de la edición en español: Jennifer Gillis/Haw River Editorial

Picture Window Books
5115 Excelsior Boulevard
Suite 232
Minneapolis, MN 55416
877-845-8392
www.picturewindowbooks.com

Impreso en los Estados Unidos de América.

 Todos los libros de Picture Windows
se elaboran con papel que contiene por
lo menos 10% de residuo post-consumidor.

Library of Congress Cataloging-in-Publication Data
Klein, Adria F. (Adria Fay), 1947-
[Max learns sign language. Spanish]
Max aprende la lengua de señas (Max learns sign language) / por Adria F. Klein ;
ilustrado por Mernie Gallagher Cole ; traducción, Sol Robledo.
p. cm. — (Read-it! readers en español)
Summary: Max takes a class in sign language so that he can talk with his friend, Susan,
who cannot hear.
ISBN-13: 978-1-4048-3796-6 (library binding)
ISBN-10: 1-4048-3796-5 (library binding)
[1. American Sign Language—Fiction. 2. Deaf—Fiction. 3. People with disabilities—
Fiction. 4. Hispanic Americans—Fiction. 5. Spanish language materials.] I. Gallagher-
Cole, Mernie, ill. II. Robledo, Sol. III. Title.
PZ73.K5463 2007
[E]—dc22   2007005900

Max
aprende la
lengua de señas

por Adria F. Klein
ilustrado por Mernie Gallagher-Cole
Traducción: Sol Robledo

Con agradecimientos especiales a nuestras asesoras:

Adria F. Klein, Ph.D.
Profesora emérita, California State University
San Bernardino, California

Susan Kesselring, M.A.
Alfabetizadora
Rosemount-Apple Valley-Eagan (Minnesota) School District

PICTURE WINDOW BOOKS
Minneapolis, Minnesota

Max y Susan son buenos amigos.

Susan no puede oír. Es sorda.
Como mucha gente sorda, hace
señas con las manos para hablar.

Max quiere aprender a hablar con las manos.

Max aprende la lengua de señas después de la escuela. El maestro le dice "hola".

Max también le dice "hola".

El maestro le enseña a Max
la seña para decir *amigo*.
Le enseña muchas señas.

El maestro le da a Max un libro sobre la lengua de señas.

Max le dice "gracias".

Max se lleva el libro a casa. Practica las señas para decir *parque* y *bicicleta*. También practica otras señas.

parque

bicicleta

Al día siguiente, Max ve a Susan
en el pasillo. Los dos dicen *"hola"*.

Max hace la seña de *amigo*.

Susan también hace la seña de *amigo*.

Max le pregunta a Susan si quiere ir al parque en bicicleta.

Susan dice "¡sí!".

Susan le enseña nuevas señas a Max todos los días. Max y Susan son buenos amigos.

23

Más *Read-it!* Readers

Con ilustraciones vívidas y cuentos divertidos da gusto practicar la lectura. Busca más libros a tu nivel.

Max va a la biblioteca
Max va a la escuela
Max va a la peluquería
Max va al dentista
Max va de compras
Max va en el autobús

Max celebra el Año Nuevo chino
Max come al aire libre
Max se queda a dormir
Max va de paseo
Max y la fiesta de adopción

En la red

FactHound ofrece un medio divertido y confiable de buscar portales de la red relacionados con este libro. Nuestros expertos investigan todos los portales que listamos en FactHound.

1. Visite *www.facthound.com*

2. Escriba este código:
   1404831487

3. Oprima el botón FETCH IT.

¡FactHound, su buscador de confianza, le dará una lista de los mejores portales!
www.picturewindowbooks.com